« Pour mon papa, qui me portait sur ses épaules pour me montrer
comme le monde vu d'en haut était joli.
Pour celui de mes quatres enfants, qui a usé le dessus de toutes
ses chaussures à les porter ! »
S.B.

« À mes deux amours, Pierre-Emmanuel et Louison. »
M.L.

FLEURUS

Direction générale : Guillaume Arnaud, Guillaume Pô
Direction éditoriale : Sarah Malherbe
Édition : Raphaële Glaux, assistée de Anne-Sophie Origlia
Conception graphique : Séverine Roze
Direction de fabrication : Thierry Dubus
Fabrication : Sabine Marioni

© Fleurus, Paris, 2019
57 rue Gaston Tessier, 75166 Paris Cedex 19
www.fleuruseditions.com
ISBN : 978-2-2151-3570-8
Code MDS : 592526

Achevé d'imprimer au Portugal par Printer en mars 2019
Numéro d'édition : J19124
Dépôt légal : avril 2019

Certifié PEFC
Ce produit est issu
de forêts gérées
durablement, de
sources recyclées
et contrôlées
PEFC
PEFC/13-31-020
www.pefc.org

Sandrine Beau · Marie Leghima

Avec toi, papa...

FLEURUS

Le matin, être réveillée par les câlins de papa
qui piquent un peu. Attraper un oreiller pour l'attaquer.
Gagner encore une fois la bataille d'oreillers, pendant
qu'il crie : « Stop ! Stop ! J'ai perdu ! »

Quand papa fait un gâteau, mettre un tablier comme lui, mais un petit. Verser la farine et le sucre dans le saladier. Puis casser les œufs, toute seule comme une grande. Pendant que le gâteau cuit dans le four, se bagarrer pour lécher le saladier et lui laisser seulement la grande cuillère. Rire quand papa dit : « C'est pas juste ! »

Quand papa est dans le jardin, planter des graines ensemble. Faire un petit trou dans la terre en enfonçant le doigt, poser la graine au fond et bien reboucher avec la terre. Puis recommencer, une autre rangée.

Mettre ses pieds sur ceux de papa
et avancer à pas de géants,
tous les deux accrochés.

Dessiner un beau tatouage avec un feutre,
sur le bras de papa.
Tirer la langue pour bien s'appliquer.

En automne, mettre des bottes en caoutchouc
et sauter dans les flaques avec papa.
Rentrer à la maison tout mouillés et vite aller
se changer, avant que maman voie nos habits
trempés.

Dire à papa d'attraper le grand puzzle,
avec plein de pièces.
Lui laisser faire les bords, puis appuyer un peu fort,
pour que ça rentre comme il faut.

Faire une barbe comme celle de papa,
avec la mousse du bain. La plus énorme possible,
pour gagner le concours de la plus grande barbe.

Fabriquer un nid avec les coussins
du salon. S'allonger dedans et poser
sa tête contre papa.
Écouter son cœur qui fait « boum,
boum, boum » sous son tee–shirt.

Grimper sur les épaules de papa
pour voir les feux d'artifice.
Admirer les couleurs qui éclatent.
Se boucher les oreilles parce que ça fait
un petit peu peur, et sentir les mains
de papa qui nous tiennent bien les jambes.

Sauter dans les bras de papa, quand
il y a trop de monde ou trop de bruit.
Et, enfin rassurée, prendre son pouce.

Pleurer dans les bras de papa quand on est fatiguée et finir par s'endormir tout contre lui.

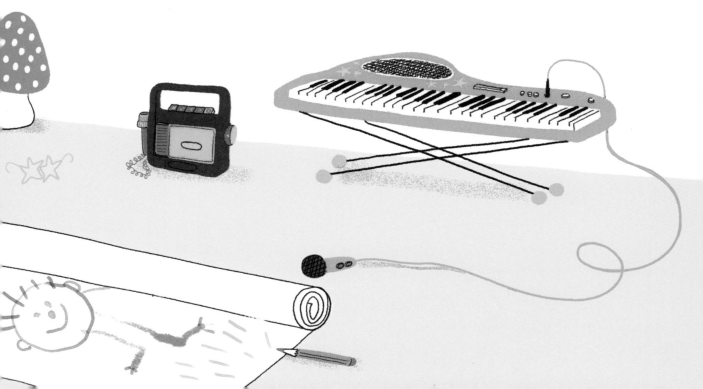